노견일기

6

정우열
지음

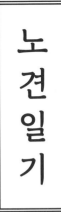

노견일기

6

정우열 지음

동그람이

"예전엔 사람들이 도로를 깔면서
야생동물이 지나갈 통로를 안 만들었대요."
"에이, 설마요."
"그뿐이 아니에요. 사람이 만든 유리벽에 부딪쳐서
이 나라에서만 하루 2만 마리의 새들이 죽었대요."
"못 믿겠어요. 인간은 그보단 좀 더 나은 존재잖아요."

미래 어느 날의 대화를 상상해 보았습니다.

2022년 봄, 제주에서

차례

프롤로그

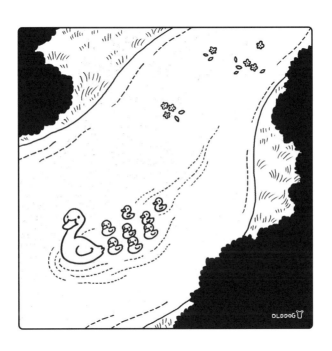

굿나잇

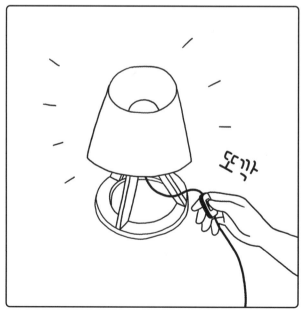

헥헥헥
헥헥

15

음, 밤에 자다 깨서 돌아다니는 건

노화에서 흔히 있는 증상 중 하나예요.

위이이이잉—
웅

23

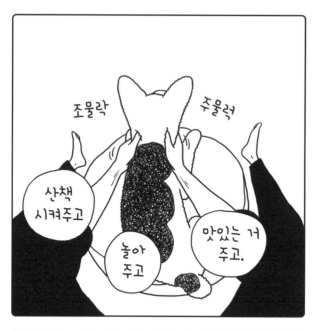

27

29

메리 잠깐 크리스마스

ZZZ

ZZZ

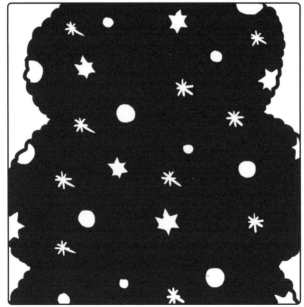

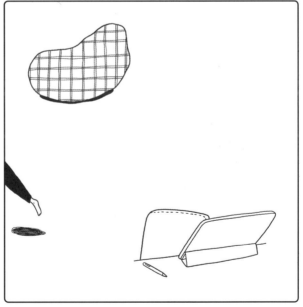

찰카
찰칵

찰칵

참참
참참
참

해피 뉴 이어

날 따뜻해지면 도시락 싸와서 여기서 먹자?

으아,
얘 좀 봐!

ㅋㅋㅋ

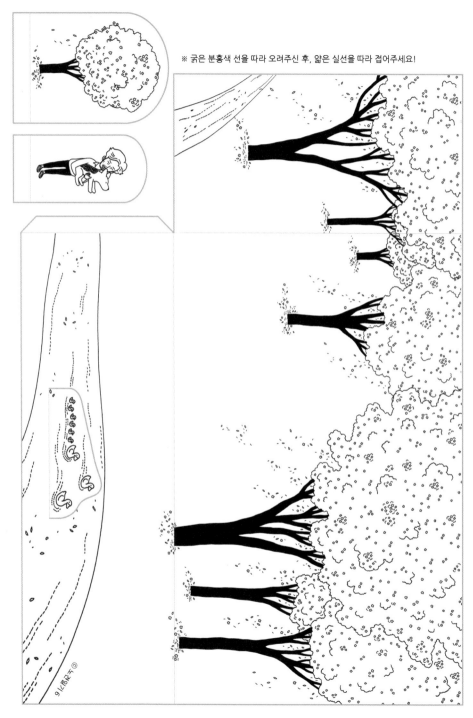

※ 굵은 분홍색 선을 따라 오려주신 후, 얇은 실선을 따라 접어주세요!

잘하긴 니가
잘했는데
칭찬은 맨날
내가 받네?

풋코.

용량 초과

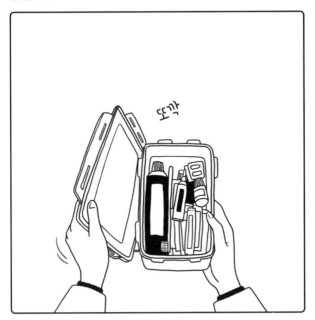

쌀알만큼씩 짜서 양쪽 눈에 넣어주시면 되는데

약병 끝부분이 눈에 안 닿게 주의해야 한대요.

이것도 아침저녁.

아하

유산균이랑 관절 영양제는 그냥 간식처럼 주셔도 되고

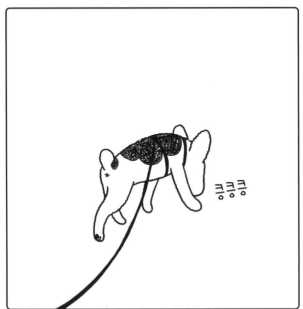

75

그럼 두 가지 다
한 달 치씩
약 지어 드릴게요.

한 달 후에
다시 상태
보죠.

……

풋코.

챙겨야 할 게
하도 많아서

처리용량
초과다, 야.

중얼
중얼

우리 차례

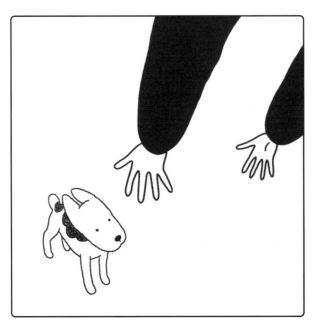

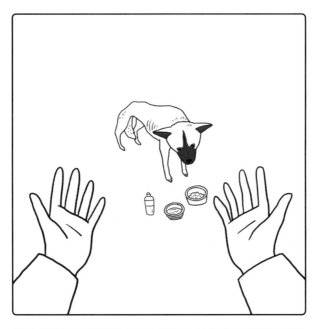

OLDDOG
INSTAGRAM
→ @OLDDOG

107

달이1

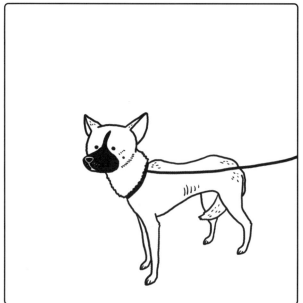

115

달이2

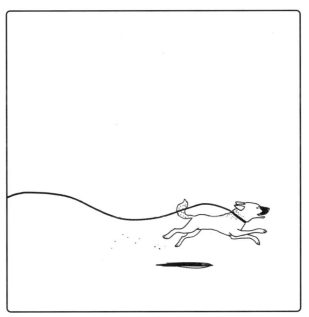

제가 내일
달이 산책
시킬게요!

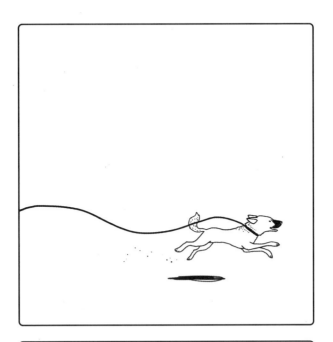

달이 닭죽 해왔어요.

이거 먹이면 금방 살찔걸요?

ㅋㅋ

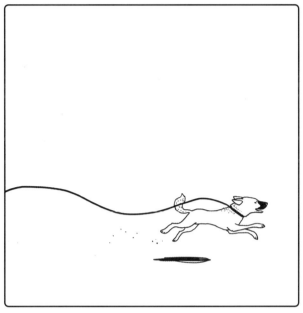

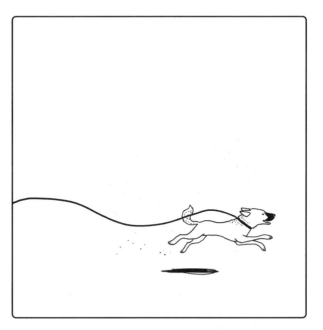

OLDDOG
INSTAGRAM
→ @OLDDOG

달이3

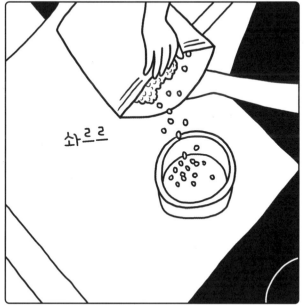

샤르르

147

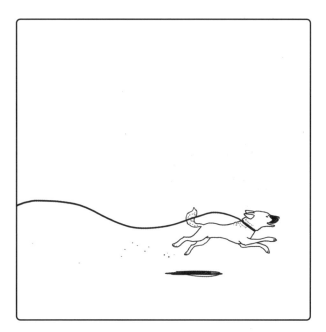

155

딩동

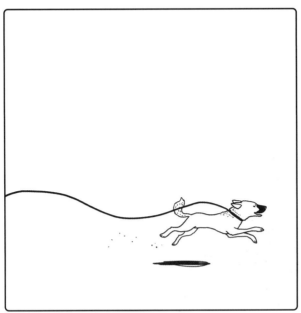

171

OLDDOG
INSTAGRAM
→ @OLDDOG

일상

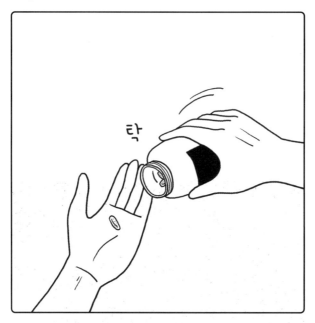

부실한 산책

수고 많으십니다.
저, 코로나 확진자 다녀간 *마트에
다음 날 제가 갔었거든요.

이런 경우 어느 정도로
대처해야 하는지...

헉헉

아, 그러시군요.
혹시 열이 나거나
기침이 나거나...
어떤 증상이 있나요?

아뇨, 그런 건
없어요.

네네, 다행이에요.
그럼 손 잘 씻으시고, 마스크 잘 하시고,
사람 많은 곳 되도록 가지 마시고.

!!

그렇게 하시면서
일상생활 하시면
될 거 같아요.

아항... 그래도
혹시 좀 더 조심하는 게
좋을까요?

...지금은
그럴 때긴 하죠.

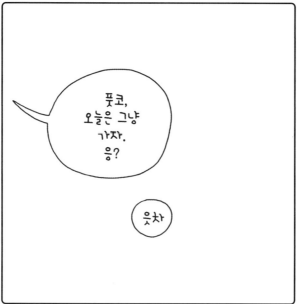

어어, 풋코. 무슨 산책이

이뻐해주는 동네 이웃들도 못 만나고

간식도 못 얻어먹고

영 부실 하지?

OLDDOG
INSTAGRAM
→ @OLDDOG

반성

위이이잉

응,
찾았다.

남겨진 일

221

제가
모찌랑 말랑이
산책도 시켜
주려고요.

좋아하겠네요
능능

OLDDOG
INSTAGRAM
→ @OLDDOG

ⓒ김혜리

건강검진

응,
없어.

오늘 너
건강검진이라
금식해야
되거든.

어어, 그래도
너무 자만하진
말자고.

소리도
건강검진 결과는
멀쩡했는데
몇 달 만에 떠나
버렸으니까.

253

2분의 1

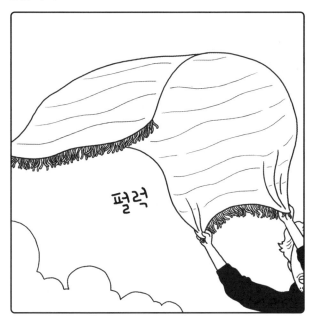

펄럭

사뿐

푸다다다다닥

그래서
우리

소리 빈 자리를
잘 견뎌왔지?

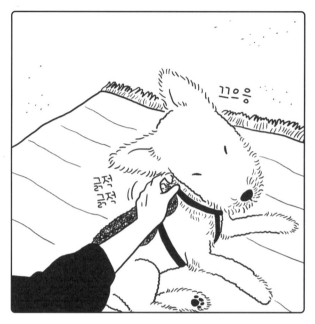

봄밤

283

노 견 일 기 6

초판 1쇄 발행 2022년 4월 1일

지은이 정우열
펴낸이 김영신
편집 이수정 서희준 이소현
디자인 이지은 반짝이는순간

펴낸곳 (주)동그람이
주소 서울특별시 마포구 성미산로 183, 1층
전화 02-724-2794
팩스 02-724-2797
출판등록 2018년 12월 10일 제 2018-000144호

ISBN 979-11-966883-8-7 03810

홈페이지 blog.naver.com/animalandhuman
페이스북 facebook.com/animalandhuman
이메일 dgri_concon@naver.com
인스타그램 @dbooks_official
트위터 twitter.com/DbooksOfficial

Published by Animal and Human Story Inc. Printed in Korea
Copyright ⓒ 2022 정우열 & Animal and Human Story Inc.